JN096868

朝の光の中に

田口朝子 歌集

青磁社

朝の光の中に＊目次

土の甕　7
鳩　笛　10
長き影　14
かぜききに　19
あをい匂ひ　23
呼ばれしごとく　29
小さな茶わん　33
海　37
瑞　浪　42
なづな鳴子　49
木立のむかう　55
湯之屋町　58
砂の聖書　63
草　笛　66
日捲り　70

くつつくもの　73
きんぽうげの花　76
初あらし　80
暗き海　84
村入り　87
つり舟草　91
黄八丈　93
絵の中に　96
マンボウ　100
銀のスプーン　103
冬　菜　108
花の命　111
木瓜の実　114
千分の二十五　117
とけ込むごとく　119

ひとつばたご 123
かたたたきけん 127
めだか掬ひ 131
ノルディックウォーク 136
草木染の襖 139
水芭蕉 142
とろろ汁 146
千束の薪 151
零余子ごはん 156
リクシアナ 159
しんぶん 163
解　説　松村正直 167
あとがき 176

田口朝子歌集

朝の光の中に

土の甕

万尺川《まんじやくがは》のほとりゆつくり歩みゆく少女の時に帰らむとして

焼けこげた讃良郡条里《さらぐんでうり》の土の甕　弥生の女は何作りしか

テーブルの向かひに坐る父ありて食事の時も父怖かりき

水仙を掘りあげて軒に憩ひをり小さき鍬に初夏の風

鶺鴒の鳴く声聞こゆ降る雨にそひつ離れつ遠くなりゆく

父母おはす寺《てら》河《かは》戸《ど》町《ちやう》の夕暮よ路地を通れば湯のにほひする

鳩笛

水中に潜りて河馬の隠るるをガラスの向かうに人は見てをり

臥す母へ手紙を書きぬ夏茗荷庭に出たよと絵を描きそへて

木の陰にギンリョウソウの花みえて芦生《あしふ》の森に夏来たるらし

青葉梟の声きこえ来てふり向けば黒々と杉の巨木立つのみ

もぎたてのトマト貰ひぬ陽にやけて節くれ立ちし指もつ媼に

毀たれし家の跡よりみつけしは祭に買ひし鳩笛ひとつ

平均余命あと十二年と夫は言ふそんな齢になつてゐたんだ

未だあをき蟷螂の子は草かげに小さき守宮を食みてゐるなり

一年をゆるりと寝かせやりし味噌　封を開ければ黄金に匂ふ

池の面に映る秋空あめんぼが少しくづして通りすぎゆく

冷え込みし朝芦生の森をゆきウリハダカエデの紅葉をひろふ

長き影

私の中に居る母年毎にやさしく淡くなりてきたりぬ

夕暮に少し間のあるキッチンで冬陽あびつつスプーンみがく

明日こそは母訪ねむと窓口に長距離列車の切符を買ひぬ

バースデーカード開けば曲鳴りて母は何度も開け閉めをする

カマキリの卵が私の目の高さ北風強き裏庭の木に

赤ん坊の襁褓《むつき》を干せり如月の冷たき光さしくる庭へ

長き影ふみて坂道くだりゆくひよろひよろふはりわが影うごく

大曽根は木の多き駅あをあをと冬にも緑の葉の茂りゐる

春日井を通れば春日井建思ふ晩年の黒き帽子の彼を

白湯のみて少し気持の落ち着ける朝の光が右からさして

大切に母が育てしききやうなり移植の苗は庭に根づかず

臥すわれに夜学のチャイム聞こえくる東の風が吹いてゐるらし

白菜の花芽ぷくぷくやはらかしオリーブオイルで炒めて食べる

生け終へて数歩さがりて眺めたり花がしづかに私を見てゐる

かぜききに

水を飲みにおりて来りしキッチンのうす暗がりにいちごの匂ふ

吐いて吸ふ自然なことが難しいまだ二回目のヨガとの時間

夕暮の桜はこはい緑なす木々の間にぼわつとうかぶ

干し草をくはへたカラス低くとぶ草生に大き影を落して

紫の母の化粧水こつそりとつけてみし少女の時を淋しむ

風吹きて竹藪ザワリと鳴る日にはやぶの小径にかぜききにゆく

アスファルト割りて出でくる今年竹、頭の先を少し踏まれて

二五〇キロを運ばれて来し箪笥ホームにゆきし母のたんすよ

笑ひ顔作りなさいと言ひ聞かす　体の芯をゆつくり立てて

縁台に萩とススキを供へたり吹きくる風に笛の音まじる

羽束川にそひて歩みぬ向かう岸は蕎麦の花咲く畑が続く

あをい匂ひ

足裏をくすぐりやれば嬰児ははじめて声をたてて笑ひぬ

一歳の由栞《ゆいな》と巧《たくみ》　ふたり子は二人で生まれて二人で遊ぶ

クレーンの高きに点滅するあかり恋のはじめとをはりのやうな

幼らの去りて障子にあけし穴通して午後の陽がさし込みぬ

新しき家建ちならびどの家も飾りのやうな小窓をもてり

木洩れ日の中登りゆく　朴の葉の数多散りゐて朴の木見えず

たどたどと鳰の五、六羽歩みをり水を抜きたる池の泥の上

花ばさみ庭のどこかに置き忘れその夜しづかに雨降りはじむ

ゐのころの末枯れし傾りに朝日さし降りたる霜の粒つぶ光る

夕刊をたたみて入れる男あり女は持たぬ大きポケット

二十五年続け来りし音訳の退会届迷ひつつ出す

ルッコラのあをい匂ひを飲み込みぬ今日一日が始まるサラダ

田おこしが終れば土は黒々す足元に湯気まつはり立ちて

耳さうぢ好きだつた子は母親となりて子供の耳掃除する

朝毎に新聞音読する慣ひ失せてしまへりボランティアやめて

呼ばれしごとく

水にのり体《たい》やはらかに泳ぐことやうやく覚え息らくになる

カワニナは透き通る子を数多生みその子一ミリ水槽を這ふ

野仏の供花に寄りくる蜂のゐてマルハナバチは忙し気なり

ブナの葉は初夏の光に輝いて蔵王高原わたしも光る

たんぽぽの綿毛吹く子ら従へてあぜ道ゆけば風のつきくる

武田尾《たけだを》のホームより見る崖のうへ山法師の花白々と咲く

ゴーヤーの花は朝の風に匂ふ呼ばれしごとく窓を開けたり

取りあひて乗りしブランコ雨にぬれだあれもゐない今朝の公園

たんぽぽの綿毛を吹きぬ幾本もいくほんもふく闇が来るまで

小さな茶わん

耐火煉瓦の太き煙突立つてゐた陶器工場《こうば》のほのかな温み

日除けにと植ゑし苦瓜二階まで伸びて真夏の太陽を吸ふ

蟻たちが蟬のむくろに集まりて傾く夏の陽に蠢けり

産直の雲水そばを売る出店あたりはま白き蕎麦の花咲く

傾りには山牛蒡の実の色づきて夏の終りの陽にかがやけり

能舞台に描かれし松がおもむろにずりりずりりと動き出すなり

毀たれし家の丸紋は稲穂にて紋の瓦も失せてしまひぬ

ほんわりと零余子ごはんの炊きあがり小さな茶わんによそひて供ふ

耳元に「赤とんぼ」の歌うたひたり声は出ぬまま母もうたへり

海

たつくんに朝顔ふたつとりやればゆいちやんにひとつあげてゐるなり

さがり目のお顔におはす田の神に咲きのこりたる野菊を供ふ

身の五倍ほどの長さの影ひきて霜の朝の坂くだりゆく

水槽をのりこえ蛸はゆかむとすたこよここから海は遠いよ

水中の蛸は呼吸をするやうに水吐きをりしが買はれてゆきぬ

をさなごの去りし縁側いもむしのごとくつ下が脱がれてゐたり

春くればいつも来てゐたポン菓子屋橋のたもとをながめて通る

粗樫の実を空き缶に入れておく　幼の声がきこえたやうな

あぜ焼きのすみし田の土手頭《づ》の焦げた土筆あちこち伸びて来たりぬ

紅き藻が池の面をうめつくす鯉や鮒らはいかにゐるらむ

玉筋魚《いかなご》をたきし匂ひを身にまとひ友は訪ひくる春陽の中を

字の書けてゐた頃の母ハガキにて元気でせうかと便りをくれし

瑞浪

やはらかくとろりと甘い岩津葱、春の来るのを待ちつつ食べる

早朝の冷気の中を朝のパン買ひにゆきたりふあふあのパン

湯の中を腕をまはして百円の亀の玩具《おもちゃ》が近づいてくる

ころび坂つんのめりさうに下りゆく媼のありてをだまき咲けり

図書館に二歳児用の本さがす分厚い紙の小さめの本

十粒ほど実りし桜桃たべられて幼はそよぐ葉を見上げをり

見上ぐればうつすら虹の立ちてをり父逝きてより十日過ぎたり

段だん畑のやうな墓地から見下せば瑞浪《みづなみ》の町しづまりて見ゆ

一円と五円の賽銭ばかりなりニュータウン入口のお地蔵さんに

血縁は淋しきものよ父母ゆきて瑞浪は遠くなりにけるかな

父の墓たづねずなりて久しかり四時間あれば行ける瑞浪

薄紙のあひだを通りぬけるごとするりと秋が部屋に入りくる

亡き父を時がつれ去りあはくなる晩年はすこし弱気だつた父

がはがはと八手の葉つぱのたてる音時々きこゆききつつ眠る

漬物のにほひたよりに捜したり高瀬川沿ひの村上重《むらかみぢゅう》を

古封筒に種子ガサガサと入れておく来夏のためのあさがほのたね

コスモスの花摘み十本二百円、休耕田にあをぞらゆれる

ドアあけば草焼くにほひ入りくる神鉄《しんてつ》粟生《あお》線は夕光の中

わが生れし落合村は川ふたつ落合ふところ祖父母のねむる

高山の宿儺《すくな》かぼちやはへちま型台所の床にねころんでゐる

なづな鳴子

体うかべ力を抜けばひんやりと我をつつみて水なじみくる

寒いから閉めてと言へばいつぱいに戸を開けるなり二歳半の子

あはあはと花咲く時よ死にゆける母を見てをり夜の明けるまで

八手の実うすき緑に染まる頃逝きにし母の誕生日くる

毀たれし生家にありし寒木瓜が今年咲きたりわが家の庭に

仏壇にサクマドロップス供へしまま幾月すぎしか振れば音する

長火鉢の横に坐りし祖父のすふ煙草のキセルぽんと弾かる

切りし花のいのちが私に入り来て心しづかに壺にいけたり

三椏のあはき黄に咲く家のありまはり道してそをかぎにゆく

烏豌豆《シービービー》ならせば友の東濃弁《とうのうべん》きこえてきさう　雲ながれゆく

白紙にまるを次つぎ描いてゐるうれしさうなり由栞《ゆいな》三歳

なづな鳴子ならす人ゐて近づけば小さな声に歌うたひをり

楽しみは豆ごはんにして食べることツタンカーメンのあはきむらさき

仁丹がふいに匂へり亡き母が脇をすうーととほりすぎゆく

犬枇杷のつやつやしたる大き葉に霧雨ふりて古墳しづもる

門口に神楽舞ひくれし少年の足のびのびと浴衣より出る

木立のむかう

菴羅《あんら》の実あさの食卓に切り分ける幼のますぐにみつむる中を

薬師湯のぬるきに入りてねむるごととけてゆくなり天井が高い

黄砂ふる弓弦羽《ゆづるは》神社の杜の道影うすく引き鳶のゆきたり

晩年の母を思へば哀しかりミトンはめられ寝たきりの母

やはらかき羊の革の辞典なり名古屋丸善二階に買ひき

別荘への道に夏草生ひ茂り川端邸は木立のむかう

夏ごとに西瓜冷ししあの井戸も埋めたてられて遠きふるさと

湯之屋町

幼らと土手をゆきつつ小諸にて習ひし草笛鳴らしてみたり

二十六枚あるとふゴッホの自画像の最後の一枚鋭き眼なり

あさこさんと呼ばれてはいと返事する訂正するのがめんだうな時は

待ちをれど守宮は来ずに夏終る　夜のガラスを眺めてゐたり

いもうとは鴨幾十羽降るさまを言へり島根の冬の湖

足裏にどんぐり踏みつつ歩みゆく子らのひろはぬどんぐり数多

桶屋町の桶屋はすべて廃業し町の名前も消えてしまひき

芝居はねおのれの胸に海老蔵を抱きて夜の雑踏をゆく

保証金のかたにもらひし大石が玄関脇に置いてありにき

玄関の大石の上は平らにて私の遊び場ひるねもしたり

湯之屋町は何売る町でありしかな布団屋一軒のこるのみにて

幼子が力を抜いて浮くことを覚えし時のやはらかな顔

川風の吹きあげる橋とほる時ひとは俯き加減になりぬ

砂の聖書

薄き粘土を重ねて焼きし聖書にてページが風に動きさうなり

砂粒は「砂の聖書」に光りをり土にヘブライ語の書かれゐて

母ゆきて十月すぎたり空つぽの私の中を母が出入りす

さくらばなゆふぐれの空にとけてゆき母も一緒に消えてしまへり

菜の花を炒めてごはんにのせて食ぶ命をくれる菜の花御飯

枇杷の実の汁したたらせ食ぶるなり晩年の父の好みし果実

しなやかな水に入りて泳ぎたい朝の光の中に背伸びす

火鉢よりひとつかみの灰とりいだし摘み来し蕨の灰汁抜きをする

草笛

病状を説明しくるる先生のわれを見つむる目の中の光

病室にカーテンがゆれ哀しみがカーテンの襞の陰にゆれゐる

四階の行動のみを許されて東の窓に田植ゑ見にゆく

点滴につながれ出来ることのなく顔の体操などして遊ぶ

幼らが見舞ひにくれし赤詰草はみがきコップにさして飾りぬ

病室を兎のやうに抜け出してしろしろと咲く草花をつむ

目覚めれば湖底のやうな手術室心臓二分止まりしといふ

執刀医の色白き指のやはらかさ朝の光が細くさし込む

これはねいい病気だよと言はれたりモナルダの花庭に咲き初む

今生のお別れですと言ひ残し転勤しゆくわが担当医

草笛を再び吹ける悦びよペースメーカー順調に動く

日捲り

日捲りは十月十日までめくられて十一月二十五日父は死ににき

お祭の山車は桜の馬場に来て一服をせり茶碗酒まはる

鶏を庭に放てば気に入りのツツジの根元に卵生みをり

牧師館はいつも留守にて家なりのゴーヤをノブにつるして帰る

石垣の上に又兵衛桜生ふ色づきし葉を少し残して

雨あがりの草紅葉の道あゆみゆく体力はなかなか戻り来ぬなり

口つけてコップの白湯に和みたり冬の夙川に入りし喫茶店

神様の所へ帰つてゆくのだと思つて死ねたら　三時草咲く

くつつくもの

ドア開けば潮の匂ひの入り来て朝霧駅はあの日と同じ

あひたいと思ふ心をとぢ込めて冬の木立にふれつつ歩む

如月のかをりが厨にこもるなり蕗のたう摘み味噌煮つくれば

抽出しに磁石みつけし五歳の子くつつくものを探してあるく

からつぽの娘の家に入りゆけばお帰りなさいをセコムが叫ぶ

外つ国に行きし幼ら思ひつつ石蹴りの石川原にさがす

マヨネーズをかけて食べたいやうな草、北大構内の春に生ふると

木器《こうづき》とふ地名のありてその由来知らず　バス停に郵便局あり

きんぽうげの花

黄の花をつけし胡瓜がうまさうにぶら下がりゐる小倉遊亀の絵

検診の終りて庭を歩みゆく馴染みし桐の木切られてゐたり

十二年電池残量あるといふペースメーカーが私を刻む

傾りにはきんぽうげの花一面に風に揺れゐて退院一年

たう立ちを始めし葱をもらひ来て庭に植ゑおくねぎ坊主でるまで

足裏に感じつつゆく土の道やはらかに頭まで伝ひくるなり

街灯に照らされにつつ歩みゆく諍ひしこと淡くなるまで

たんぽぽのわた毛とばしし幼らは外つ国に行き風にわたとぶ

「そばクール」天笊セットの注文を取りし若者帳場に叫ぶ

白しろと百日紅の花咲き残る高くなりゆく空の真中に

初あらし

花のやうな五重の塔の心礎なり水のたまりて秋雲うつる

音たてて飛鳥の川は流れゆく昨夜の雨は激しかりしか

未だ若き主の見せてくれし実はうすみどりなり剝きしそばの実

パトカーが赤灯ともしゆつくりと走ればまはりもあはせて走る

秋咲きの白花椿〈初あらし〉母の好みしうづくまるに挿す

鎖とけ遊びにゆきし犬帰るぬすびとはぎの種子あまたつけ

陽の当たる席の方からうまりゆく寒に入りし電車の中は

力ぬき水に泳げばわが内に固まりしものほどけてゆきぬ

しあはせをかき集めるとふ串柿を飾りて正月準備を終へる

リビングの窓辺のパキラの緑濃し一枚いちまい埃をぬぐふ

如月の風を受けつつ鍛治屋橋わたりて思ふ会へない人を

暗き海

金管を三十五メートル巻きつけてホルンは成れり重みある音

細き線を重ねて描かれしビュッフェの絵　古い時計がぼんと鳴りたり

「ゆるり」とふそば屋に入りて鴨せいろ長く待ちたり風吹き抜ける

桜ふる広場に並び立ちてゐる済州《チェジュ》島よりの使者トルハルバンは

光りつつ砂の落ちゆく三分を見てをり紅茶の浸出すすむ

地の際にかすか人形《ひとがた》のこりゐて母の好みしマリア灯籠

車窓より海みえて来ぬ暗き海に雨のとけ入るごとくに消ゆる

神宮に小さな石の橋ありて苔の生ふるを渡りて戻る

村入り

桐の花高きに咲かせのつしりと畝傍山まろくをさまりてゐる

一万年前から白神に生きてゐる〈つがるみせばや〉深緑の葉

子規庵に咲きゐし鶏頭わが庭に咲かせて横になりつつ眺む

砥石色に指を染めつつ包丁を研ぎて初秋の光にかざす

月の出で待宵草が黄に咲けりこの空地にも家が建つらし

嘴の少し曲がりし折りづるを土産にくれし由栞は五歳

村入りとふ言葉残れるわが地区に家千軒の団地ができる

夜はしる電車は光る帯となり銀河鉄道さながらにゆく

秋の田に蚊屋吊草を見つけたり割いてひらいて手がうごきくる

つり舟草

うす暗き中宮温泉の木の湯船古きにつかり川音をきく

宿を出てあてなく歩みゆきたれば瀬女《せな》の山道つり舟草咲く

さらさらと髪を洗ひぬ夜が来て夜の次には朝が来るから

洗ひ場にボディーソープと木の桶が並べてありぬ山裾の湯の

黄八丈

赤彦は十日で八十首詠みしとぞ八丈島の歌碑の黒石

八丈の強き海風うけながらアロエの花はまつすぐに立つ

黄八丈は小鮒草にて染めるといふ母の染めくれし黄色の半衿

波あらき海から山へ虹かかる一月一日八丈のにじ

あしたばはセロリのやうな緑の葉つみ帰り来ておひたしに食ぶ

自らのために太鼓は打つといふ打ちつつ響き体に受ける

絵の中に

肉厚の志野の茶わんは鶏文《にはとりもん》父と私の干支のにはとり

さんしゆゆの紅実につもりし雪とけて朝の光の中にしたたる

黒いものがにはたづみに何かつつきをり近づけばでかい、カラスつてやつは

石ふたつ重ねて成りし野仏に庭先の花供へてありぬ

垣越しに紅梅の花ふくらめりこの家の人に会ひしことなし

白き壁もつ絵の中に入りゆけり私の影が映りてみゆる

めでたやと歌ふ民謡ききながらよもぎだんごの笹をむきをり

昨夜《よべ》ふりし雨に木肌はぬれてゐて森の中には薄靄かかる

天井の低きビル内医院なりうすぐらき部屋に目を覗かるる

マンボウ

クローバーの花の香満ちる広場には風にて動く彫刻十基

田に鳴ける蛙の声も遠のきて夫のゐない夜は更けゆく

一人居の夜に茂吉を読みをれば青葉梟なく遠くの森に

なまぬるきプールの水に体《たい》しづめのつたり泳ぐマンボウのごと

二年生の二人が九九を諳じる庭のとねりこわさわさゆれて

うすぐらき展示室には鼻たかきガンダーラ仏ありて人くさき顔

水袋背にのせ駱駝は立ちどまり首をあげたりなくがごとくに

隊商は月かげ受けて歩みゆく地に黒ぐろと駱駝の影は

銀のスプーン

青空に洗濯物が乾きゆく古き犬小屋に影をつくりて

拾ひ来しカラスの羽根はペン立てにありてつやつや朝日に光る

黒ずみし銀のスプーンを磨きをり窓の外の木映り来るまで

高校の生徒の作りし坐布団が秋陽を受けて駅にふくらむ

拾ひたる亀は片足なくしをり池に放せばぽかりと浮きぬ

視力表の一番上の大きかな読めなくなりて長き年月

梅の木を切つてしまへり梅の木のありしところに冬の日がさす

足先よりするりと入れば三十二度の水は体をしなやかにする

電子辞書買ひてより出番のなくなりし広辞苑第四版茶事辞典にならぶ

二十年研ぎて使ひし包丁は小さくなりて銘かすかなり

紅梅の散りしく路傍の祠にて手を合はせたり願ひは言はず

ターンしてやはらかき水くぐりゆく顔あげて吸ふ空気の甘さ

冬菜

冬の陽にあかるく透ける蠟梅よ離れ住む子の便りはなくて

あをあをと冬菜は藁に括られて一畳ほどの小屋に売らるる

さんご礁を砕きてまきし白き道ザクリザクリと音たて歩く

朝あさに庭のルッコラ摘みて食む光の中に伸び来りしを

「じゃんけんほい」子供らの遊ぶ声がする私の里では「ポン」と言ってた

赤き花の全てが散るころ実りくるりんご椿の青き実あまた

「渚にて」見しは中学二年生風に吹かれしアンソニーパーキンスの髪

花の命

目の長さ一 m の盧舎那仏半眼にわれを見そなはすなり

雄鶏の尾は一筆に描かれをり勢ひに乗りとび出すごとく

白頭鳥《ひよどり》の雛はとられて空の巣が降り続く雨にぬれゐるばかり

赤き緒の小さき草鞋を編みくれし九十のばばの手の甲のつや

いけばなは花の命をもらふこと私の中に花が入り来る

やはらかきヌスビトハギの葉をもちて草笛ならす、初恋のやうに

六本の撥を使ひて奏でたるマリンバの音《ね》はやはらかき強さ

木瓜の実

体重をかけて南瓜押し切りぬ夏がもうすぐ終るころほひ

となり家に実れる真桑瓜六つ収穫されぬ黄色あざやか

遅れ咲く花のあとにはデコボコの緑すずやか木瓜の実みのる

向きあひてうさぎとロバは静まれり歯科医院の庭に置かれし遊具

検査終へ名前テープを切つてもらふ身はおほぞらに帰りゆく鳥

潤目鰯《うるめ》焼きしにほひ厨に残りゐる一日の終りのくつろぎの中に

千分の二十五

千分の二十五といふ勾配の続く廃線跡を下れり

砂利のみの残れる篠ノ井線をゆく黄葉づる木木のささめく中を

たうもろこしのやうに連なる赤き粒まむし草の実が草地に立てる

白馬《しろうま》の林を風が吹き抜けるすうすうとして透けるからまつ

落葉松の向かうより陽は差して来て金色の針光りつつ散る

とけ込むごとく

花梨の実みのりて光る寺の庭　頭上注意の吊り札ゆれる

ハグをして幼二人と別れたり山の端に出でし虹の短かさ

板にほほをすりつけるやうに彫りすすむ棟方志功の太き指はも

版画展見をへてビルの庭に出るシラカシの葉の風にそよぎて

小雨ふる如月の朝鳩一羽とけ込むごとく屋根の上にをり

ひつぢ田は一面枯草色となりうつすら雪をかむりてしづか

香のうすく庭のらふばい咲き始め雪ふる中を鵯つつく

母子草の芽は残しおく七草に使ひしあとは黄の花咲かそ

誰も居ぬ了仙寺の庭歩みつつペリーの来しとふその日を思ふ

ひとつばたご

一円玉ばかりのお賽銭の皿に紅梅白梅散りて入り来ぬ

水脈ひきてキンクロハジロ着水す白と黒との羽くつきりと

帰り来てまづ坐りたりティーカップ持つ手の甲に塩素が匂ふ

実生なるひひらぎ伸びて二十年白き花咲き葉のトゲ失せぬ

寝ころびて落葉だまりに見上げたる青空のなか若葉のゆるる

部屋内に鈴蘭のかすか匂ひゐておぼろな記憶のすずらん祭

雪のやうに一木おほふ花房よひとつばたごの細きはなびら

見上げれば煉瓦のアーチ続くなり水路闇には緑が似合ふ

青あをと水をたたへて流れゆく疏水の面に夏木立映ゆ

かたたたきけん

虫の穴あまたあきたる仏像の目鼻さだかになきありがたさ

まかがやく陽光あびてとけてゆく雪渓のありシラネアオイ咲く

篠笛の細き音色にあやつられ神楽はまはる神おはすごと

神楽まはしくるる男《を》の子は新入りか浴衣の裾が少し長めで

黒点を隠すため虫を描き足すマイセンのカップに蝶や蜂とぶ

夏の日のからんと明るい本町を濃き影ひきてひとり歩めり

荒物屋、八百屋、呉服屋、文具店、開けてゐる店わづかとなりぬ

白しろと月のぼり来ぬとほく住む年のはなれた妹おもふ

濁声のちちろ虫ゐて夜毎鳴く悪夢を運んで来さうな声だ

祖母がしてくれたるやうにあふぎやる小さな手足伸ばし寝る子を

色変はる箱の出で来てふた取れば幼き文字のかたたたきけん

めだか掬ひ

傾きし陽に鞦韆の垂れてゐる明日はお墓参りにゆかう

墓石は大きなものに替へられて何だか父が余所よそしくなる

門前の蕎麦屋にとろろそばを食ぶ當麻寺前ひつそりとして

本堂の暗きに入れば金網を張られし厨子に曼陀羅さがる

須弥壇に螺鈿の文様美しく上がつてはいけませんの貼り紙

君と来て美術館内まはりたり吾は雪舟の絵に立ち止まる

幼らとめだか掬ひに行つた日は秋の陽ぬくき日曜の午後

小流れに幾十匹の目高ゐて足音すれば素早く動く

やうやくにめだか十匹すきとほる小エビ七匹網に入りたり

小石にて打てば鐘の鳴る音がする最御崎寺《ほつみさきじ》のおほいなる石は

豆を炊くにほひ厨にこもらせて三十二回目の味噌仕込みたり

一時間に一回まぜて八時間とろとろ白き甘酒仕上がる

人と自然科生徒の作る法蓮草、竹筒に百円入れて買ひたり

ノルディックウォーク

柘榴あまた実りて重く垂れてゐる渤海といふは何処にありや

檻に入れられたるままに海底に沈みし未明の人魚かなしむ

紅生姜と炒り玉子入りのおにぎりよ母の工夫の遠足の味

菜の花が牛乳瓶に挿されゐて野仏の顔の少し明るむ

石楠花の花芽ふくらむ三月をノルディックウォーク列なしてゆく

鏡石はつやをなくして庭に立つ、西行が頭をうつししといふ

草木染の襖

笑ふありしかめつらあり眠るあり一町地蔵は森の小道に

切られし首つながれ苔の生えてをり廃仏毀釈の名残りといひて

楢枯れのすすむ森にはビニールを巻かれし木々の幾十ありき

志賀直哉の泊まりし宿坊草木染の襖のありてその部屋に寝ぬ

裏山にスキー初体験をせりをばさんたちにもんぺを借りて

『暗夜行路』書かれし坊は潰えゐて草丈たかく茂りゐるのみ

水芭蕉

栞紐の短くなりし須賀敦子、この三十年に読みし人はや

ナツツバキの幹周り八十二センチといふ樹皮は抽象画のやうにはがれて

三十年余経たるいけばな教室に三人《みたり》の生徒とわらびもち食む

収穫を終へたるつるありいんげんの垣は残せり青葉の茂る

一人はでき一人はできぬさかあがりぬすびとはぎをズボンにつけて

うつすらと雪降りしほどの塩ふりて漬けよと母の残ししことば

水芭蕉のあまた咲きゐる水辺ゆくあこがれし地の空のみづいろ

八十キロの荷物背負子にくくりつけ歩荷《ぼっか》はゆきぬ尾瀬の木道

世界一小さきとんぼのゐる水辺ハッチョウトンボはわづか二センチ

細き葉の先をゆらしてゐるとんぼ皿池《さらいけ》湿原に赤がとびかふ

とろろ汁

絵はがきが届き熊谷守一が描きし太陽部屋を照らせり

木木の間を水きれぎれに見えてゐて新橋色とふこの沼の色

『湖の伝説』かつて読みたりき　美術館に見る三橋節子

二千キロを飛ぶといふ蝶庭に来て息ととのふるごと羽をうごかす

片道は二千九百二十五歩ドラッグストアまでの買物

マンホールの文様はカブトガニにして化石のやうなカニのゐる町

正月の二日はとろろ汁を食ぶ　男が擂るといふ故郷のならひ

七草に三草足らねど庭の草摘みて粥たく湯気こもらせて

検査すみ扉をあけて如月の光あかるむ中に踏み出す

草原《くさはら》にのつと立ちゐるおぢいさん《トルハルバン》私の丈に二体のならぶ

顔の巾に障子あけおく寒木瓜の咲きてつがひのメジロの来れば

指の先ほどの道具の飾られておひなさまロードの幟はためく

千束の薪

急坂に最古の登り窯はあり薪の投入口一〇〇個のならぶ

一年に一度焼くとふ登り窯、千束の薪三日で使ふ

紐とほす穴のあきたる馬上杯駆けてゆきしかモンゴルの原を

植木鉢かぶせ育てしうるひなり淡きみどりをしやりしやりと食む

いちめんの水田となりて畦をゆく人小さくみゆ光の中を

ガラスごしに透かして見ゆる店内に光あふれて週末の家族

沈み込む土を足裏に感じつつトマト苗植ゑるすこやかに伸びよ

目を閉ぢて五分を坐るあをぞらが私の中にひろがりてくる

玄米茶のめば少しく落着いて娘は話し出す事の成行き

田の土手に刈り残されし野あざみのほほけはじめて紫あはし

夕飯にてんぷら添へむと庭に出て青じその葉とゆきのした摘む

元気さうになつたねと声かけくるる人ありあれから七年がすぎた

零余子ごはん

その闇に力ありたり閻魔像は口を大きく開けて坐れる

文机の端でささへて立ちあがる起き抜けの足に話しかけつつ

寝ころべば蟬声強くきこえくるすぎゆく夏をゆさぶるやうに

旗出すは長女の吾の仕事にて日の丸を長き竿に掲げき

いもといふ言葉覚えし幼子が零余子ごはんのいもを言ひたり

木となりてじつと立ちたり白鶺鴒が地をつつきつつ近づいてくる

赤きコーンにロープ張られてスズメバチの巣ありますとふ貼り紙ひらひら

リクシアナ

広目天に踏まれし餓鬼は口あけてだんご鼻なり天井を向く

一メートルの黒口浜の真昆布を折れば乾びし小エビ出でくる

二、三人が待つ気配なり日の出湯は午後四時半の開店なれば

透ける身の針魚《さより》六尾をハンガーにかけて冷たき冬陽にさらす

ふうはりと雪虫の浮く垣根越しおはやうさんと言ひつつ過る

探鳥のコツを話してくれながら一瞬黙し耳のかほする

女の子のやうな名前のリクシアナ朝に半錠彼女に出会ふ

洗つても洗つても甘く匂ふ髪いやだつた頃のとほき片恋

父に送りし最後の日めくり大判で目の高さの壁にかけてありたり

しんぶん

土付きの分葱もらひぬ新聞にくるまれあるを土間に立ておく

手アイロンしつつ洗たくものたたむボールけりする声のきこえて

俎板へストーブに沸きし湯をかけて厨仕事の仕舞となせり

一日を降り込められて居間に寄るそれぞれがしんぶんひろげたりして

受刑者が作りしといふ小引出し五段目の隠しに真珠をしまふ

小引出し作りし人は健在か購ひてより二十年過ぐ

おから半玉買ひて少しのおしやべりす豆腐屋のあるじの手はふくらみて

覚えしはオランダミミナグサといふ呼び名緑の国勢調査せしとき

手を振りて自転車に乗り帰りたり少年は未だうれひを知らず

解説

松村 正直

田口朝子さんは歌会やカルチャーセンターの教室に、よく植物を持ってくる人という印象がある。会の始まる前などに参加者のみなさんにそれを配っている。私もローレルの葉やツタンカーメンのえんどう豆、葉から芽が出る「はからめ」、あるいは分葱の球根などをいただいたことがある。それらは、料理に使ったり見て楽しんだりと私の暮らしを潤してくれた。

あさこさんと呼ばれてはいと返事する訂正するのがめんだうな時は

「朝子」と書いて「ともこ」さんである。「あさこ」と間違われることが多いのだろう。私も間違えたことがあった気がする。そう呼ばれてすぐに訂正する時もあれば、訂正しない時もあるのだ。このあたりの距離感と言うか、ゆったりとした佇まいが、いかにも田口さんらしいと思う。

未だあをき蟷螂の子は草かげに小さき守宮を食みてゐるなり
水槽をのりこえ蛸はゆかむとすたこよここから海は遠いよ
犬枇杷のつやつやしたる大き葉に霧雨ふりて古墳しづもる

リビングの窓辺のパキラの緑濃し一枚いちまい埃をぬぐふ
夕飯にてんぷら添へむと庭に出て青じその葉とゆきのした摘む

歌集を読んでまず気づくのは、動植物の歌の多さである。単に素材として詠んでいるだけではない。動植物に向けるまなざしの温かさや深さが滲んでいる。

一首目は、小さいながらも既に肉食昆虫としての生きる術を身に付けている蟷螂。その逞しさに思わず見入ってしまう。二首目は店の水槽から出ようとする蛸に向かってユーモラスに語り掛けている。三首目は犬枇杷と古墳の取り合わせがいい。四首目は葉の表面の埃を拭うと緑が一層鮮やかになるのだろう。その様子がくっきりと目に浮かぶ。五首目は作者の日常の一こま。ちょっと庭の葉を摘んでという感じが楽しい。

桶屋町の桶屋はすべて廃業し町の名前も消えてしまひき
日捲りは十月十日までめくられて十一月二十五日父は死ににき
あをあをと冬菜は藁に括られて一畳ほどの小屋に売らるる
さんご礁を砕きてまきし白き道ザクリザクリと音たて歩く

切られし首つながれ苔の生えてをり廃仏毀釈の名残りといひて

一方で人間はどうかと言うと、歌集の中にあまり登場しない。けれども、それは人間が不在だとか他者に興味がないといった意味ではない。人間は出てこないけれども、人間の気配や存在感は濃く立ちのぼってくるのだ。

一首目は故郷の風景だろうか。桶屋町から桶屋がなくなり、やがて桶屋町という町名も失われていく。せめて町名だけでも残っていれば、かつてそこに桶屋が立ち並んでいたことがわかるのだが、そうした歴史や人々の営みごと町名も消えてしまったのである。二首目は亡くなった父の部屋に十月十日で止まっている日捲りを見つけたところ。父がめくることのできなかった一か月あまりの時間が、あらためて甦ってくる。三首目は無人販売店を詠んだ歌。人の姿はないけれど、「藁に括られて」に確かに人がいる。畑で育て収穫し、紐やテープではなく藁で括った人の存在が、冬菜の背後にはっきりと感じられる。それはスーパーで買うより濃厚なものだ。四首目は旅先の光景だが、ここでも珊瑚礁を砕いて道に敷いた人の存在を、歩きながら感じているのがわかる。ただの道ではない。人が手をかけて作った道なのだ。五首目は石仏の首に補修の痕があるのだろう。それを見ながら、首を切った人がいること、そしてまたそれをつないだ人もいる歴史に思いを馳せている。

花ばさみ庭のどこかに置き忘れその夜しづかに雨降りはじむ
たんぽぽの綿毛を吹きぬ幾本もいくほんもふく闇が来るまで
わが生れし落合村は川ふたつ落合ふところ祖父母のねむる
探鳥のコツを話してくれながら一瞬黙し耳のかほする

作者の歌は懐かしさと寂しさが入り混じったような不思議な世界を生み出す。現在と過去、記憶と現実が交差するような味わいと言ってもいい。

一首目は雨音を聴きながら、その雨に濡れているだろう花鋏のことを思っているところ。雨が降り始めたことで花鋏の存在感が増している。二首目は結句「闇が来るまで」がいい。単に日が暮れるまでというのとはちょっと違う。綿毛を吹き続けているうちに、どこか別の世界に入り込んでしまったような印象を受けるのだ。三首目は「落合村」「落合ふ」の言葉の繰り返しが昔話のような雰囲気を醸し出す。川と川が出合うところは、人と人が出会うところでもあるのだろう。

四首目は「耳のかほ」がおもしろい。話の途中で聞こえてきた鳥の鳴き声に、全神経を集中させている。木に止まっている鳥を見つけるのは容易ではなく音だけが頼りなのだ。その様子を「耳のかほ」と大胆に言い切ったところがいい。人間の表情の話なのだが、どこか鳥の顔に似ているような気もしてくる。

十二年電池残量あるといふペースメーカーが私を刻む
金管を三十五メートル巻きつけてホルンは成れり重みある音
目の長さ一mの盧舎那仏半眼にわれを見そなはすなり
ナツツバキの幹周り八十二センチといふ樹皮は抽象画のやうにはがれて

作者の歌の特徴の一つに数詞の使い方を挙げることができる。「十二年」「三十五メートル」「一m」「八十二センチ」といった数詞が実に効果的に用いられている。何重にも巻かれたホルンの金管は、伸ばせば三十五メートルにもなるという驚き。その長さが重みのある音を生み出しているわけだ。奈良の大仏の目も横幅が一mあると知ると、その巨大さがあらためて強く印象付けられる。どの歌も具体的な数字の持つ力が遺憾なく発揮されている。

生け終へて数歩さがりて眺めたり花がしづかに私を見てゐる
いけばなは花の命をもらふこと私の中に花が入り来る
力ぬき水に泳げばわが内に固まりしものほどけてゆきぬ
ターンしてやはらかき水くぐりゆく顔あげて吸ふ空気の甘さ

作者はいけばな教室の先生を長くされている。いけばなをする時の心持ちが「花がしづかに私を見てゐる」「私の中に花が入り来る」といった言い回しによく表れている。花と向き合い、自分の心と向き合うことで、花の命が自分の命に同化していくのだ。作者はまた趣味として水泳もされているが、そこでは自分の身体と向き合う様子が詠まれている。自分の肉体を自分のものとして感じ、ふだんはあまり意識していない全身の感覚を少しずつ取り戻していく。

こうしたいけばなや水泳における自身との向き合い方は、短歌にも共通する点があるのではないだろうか。歌を詠むこともまた、自分との対話である。

しなやかな水に入りて泳ぎたい朝の光の中に背伸びす
さんしゆゆの紅実につもりし雪とけて朝の光の中にしたたる

『朝の光の中に』という歌集名について、最初はやや抽象的過ぎるかなと心配したのだが、読み終えてぴったりのタイトルのように感じた。「元気さうになつたねと声かけくるる人ありあれから七年がすぎた」という大きな病気を経た作者にとって、この明るさは希望の象徴でもあるのだろう。そして「朝」という文字は、作者の名前「朝子」の朝でもある。作者も山茱萸の実も、朝の光の中に生き生きと輝いている。

あとがき

運動がにがてで本を読むことが好きな子供でした。短歌に出会ったのは遅く、音訳ボランティアの仲間にすすめられて地方紙に短歌と俳句と詩を出したのがきっかけです。

初めての投稿が掲載されたのは短歌だったので、これを機にぽつぽつと歌を作りはじめました。そのうち短歌のことを習ってみたくなり入会したのが偶然河野裕子先生の教室でした。

「そこに三年すわっていて下さい。わかってきます。」初めての講座の日、先生はそうおっしゃいました。

「歌はドーナツのように作りなさい。」

「なんにも言ってないけどいい歌やね。」

などと言って下さるのを聞きながら歌を作っていました。時折、歌集をお出しなさいと言われたことが心に残り、私でもいつか歌集を出せるようになれるかなと思うようになりました。

二〇〇七年に「塔短歌会」に入会し十三年がすぎた二〇二〇年、百五十冊あまりになった「塔」を整理しようと歌集を出すことにしました。

三十五年前に泳ぎを覚え泳ぐことが好きになったので、歌集名は

しなやかな水に入りて泳ぎたい朝の光の中に背伸びす

からとりました。こうして歌を読みかえしているとその時その時が思い出されて歌を作っていて良かったと思います。

歌集の上梓にあたり松村正直様にはご多忙の中選歌からお世話をいただき解説も書いていただきましたこと心から感謝申し上げます。歌会では多くの皆様にお世話になりました。ありがとうございます。出版に際しお世話になりました青磁社の永田淳様、装丁の花山周子様に厚く御礼申し上げます。

二〇二一年春

田口　朝子

塔21世紀叢書第383篇

歌集　朝の光の中に

初版発行日　二〇二一年六月二十二日
著　者　田口朝子
三田市天神三ー一二ー四三（〒六六九ー一五三一）
定　価　二五〇〇円
発行者　永田　淳
発行所　青磁社
京都市北区上賀茂豊田町四〇ー一（〒六〇三ー八〇四五）
電話　〇七五ー七〇五ー二八三八
振替　〇〇九四〇ー二ー一二四二二四
http://seijisya.com
装　幀　花山周子
印刷・製本　創栄図書印刷
©Tomoko Taguchi 2021 Printed in Japan
ISBN978-4-86198-499-0 C0092 ¥2500E